トランス★フォルム

鴇沢正道句集

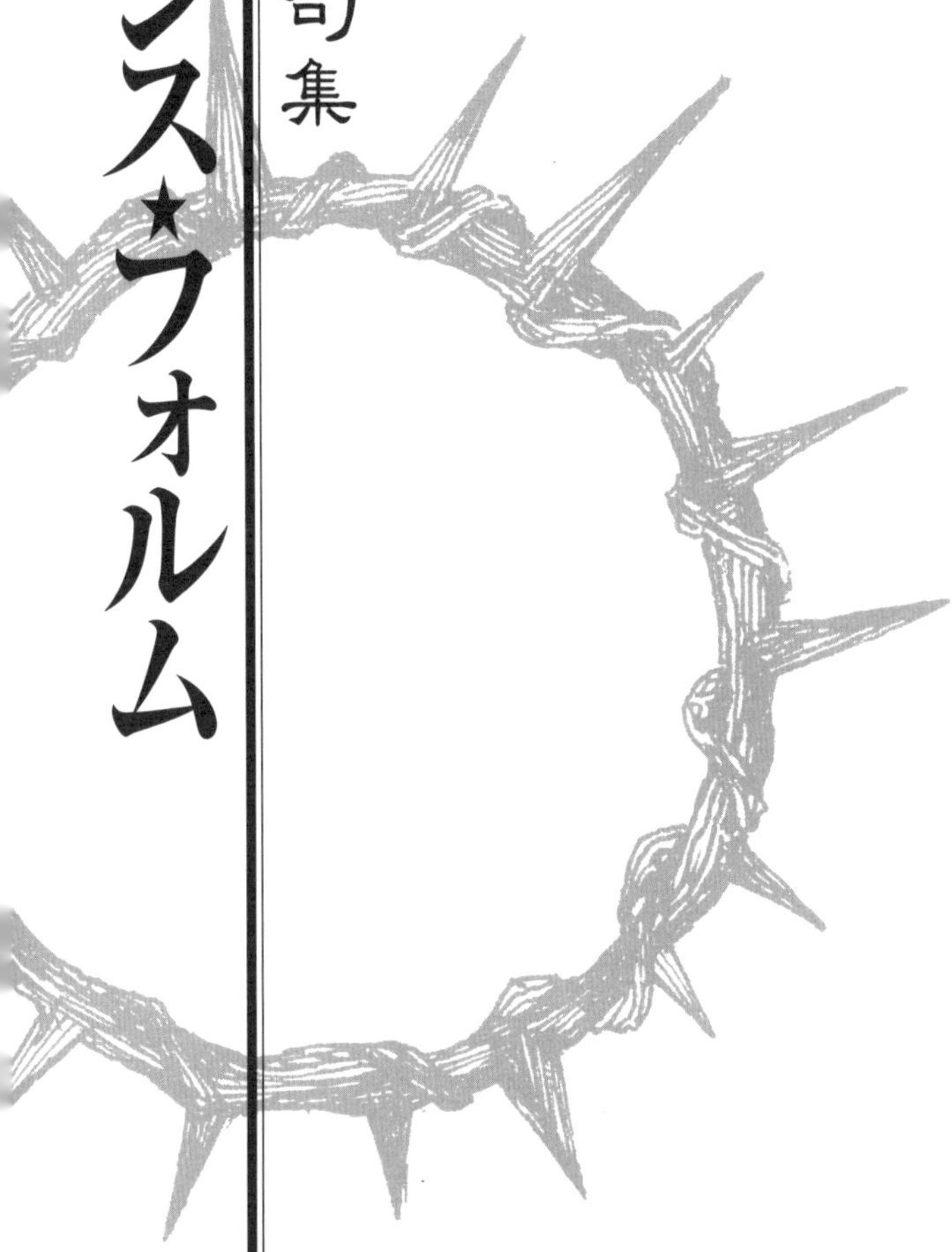

紅書房

序

本句集は故佐伯昭市氏創立の「墻頭」と故中島斌雄氏創立の「麦」両結社において作句・発表した作品をまとめたものである。

本句集では年代順の記載法を採らず、テーマごとにまとめる方法を試みた。従って両結社の作品は二十年の隔たりにも拘わらず、混在して記載されることになった。「墻頭」時代の句は一九七二年〜八二年の作品で、頭部にダガー（†）を付してある。「麦」における作品は二〇〇一年より現在に至る。

テーマによる分類は必ずしも句数によらず、著者の意識・感性に近しいものを項目に立てた。すなわちキリスト教の「木の十字架」子どもたちの「幼なごころ」夏の終わりの「晩い夏」ふるさとの「帰郷」である。これらの分類に外れたものは項目「トランスフォルム」に一括した。

かつて「墻頭」の佐伯昭市氏は著者の俳句を〝生活感に乏しい〟と評した。師の慧眼恐るべしである。実際著者には濃厚な実生活の経験がない。たぶん職業柄および生来の資質に原因がある。生活体験の中に物を凝視してその本質に迫るよりは、フィクションと空想と抽象に流れて行く。とは言え空想・抽象と言えども、ことごとく外部から内部に取り入れたものなのだ。なぜなら人間は胎内の記憶以外何物も持たず生まれるから。

内部にもたらされた諸物は衝突し、あるいは交感し、あるいは融合して、運が良ければ詩を生むことにもなる。この過程を数学用語を援用してトランスフォルム（変換＝変形）と名付けて見た。その延長線上には変身もある。これが句集のタイトルの由来である。

「麦」に移ってからしばしば連作を試みた。一つの情緒、あるいは一つの情景を五句ないし八句を以て表現する試みである。ただし連作には厳しいルールを規定する秋桜子のような立場もあり、ここではもっとルーズな解釈によっている。旅行吟も連作の扱いにした。編集上連作は一般の句とは別扱いとした。なお本歌取りの作品には、同一ページ内に本歌を記載した。

本句集後尾には著者による三篇の散文を併載した。「俳句と方言」はかつて俳句作家連盟の連盟賞評論の部へ応募したもので、小林一茶の一句に現れた方言について論ずる。「文学の中の数学用語」は、かつて「麦」に連載されたエッセイに加筆したものであり、小説や社会・人文科学の論説における数学用語の濫用を批判的に論ずる反面、俳句においてその成功した使用例をいくつか紹介する。「佐々木基一氏と連句『時の音』の巻」は、文芸評論家の佐々木氏が主宰し筆者も参加した連句会の記録を中心に、氏と俳句の意外な関わりについての素描である。

最後に「墻頭」と「麦」において御指導下さった方々のご厚意に心から御礼申し上げます。句友の皆様との楽しい交際からも、多くのものを頂きました。紅書房の菊池洋子さんには、編集上我儘な要求を快く受け入れて頂きました。厚く御礼申し上げます。

二〇一六年四月

鴇沢正道

●句集トランス★フォルム・目次

散文……133

装幀・装画　木幡朋介

句集　トランス★フォルム

木の十字架

荊冠の血が眼に入りて虹見えず

野見山朱鳥

†水温む泉の聖母の足もとより

ストラスブール大聖堂

†花冷えの聖母千年子を抱いて

†リラの白滲む受難の夜の深さ

†えにしだの黄に囲まれて午後のミサ

†炎天の木の十字架がたわみ出す

†八月のまぶしき塩が地にこぼれ

†夏終る庭の木椅子の背に十字架《クルス》

逝く夏の光をこぼしつつピエタ

†野分吹く野に聖寵の何もなし

震災忌一粒の麦もしあらば

†受胎告知満天秋の星うごく

アルザス

†収穫祭木の十字架が枯れ残る

[†]木枯しの聖母うつむくことに耐え

異教徒の厚い唇降誕祭

†冬ざれや聖母の素足血を垂らす

†一月の旅ペラペラと聖書繰る

幼なごころ

大人のふりをするのは飽き飽きした

ヴァレリー・ラルボー

朝日俳壇昭和四七年楸邨選第一席

†風邪の子と眠れば銀河鉄道へ

†夜の雪子といる時間ふくらみ出す

ママが消えた日の春の大雪

明日ママがいない

春泥に少年跳ねてオフサイド

若紫

藤波や眉のわたりはうちけぶり

子[†]と迷う矢印だらけの春の森

頬白き五人囃の一人が欲し

校庭に落花どの子を選ぼうか

†春陰の木椅子に半跏思惟少女

†子の五月泪のレンズ眼にはめて

魔法瓶の虚空ざわざわ子どもの日

†夜祭のさざめき持って子が帰る

†不機嫌な少女のように芥子の花

ハーメルンの笛吹き
†草笛や少年少女漂い出す

緑陰に少年は一本のフルート

夏痩せの少年抱けばシャボンの香

軽井沢

†金髪の日焼子が湧く街の角

†夏終る少女の脛にかすり傷

†秋風へ白い少女が靴鳴らす

秋風や罰の如くに蒙古斑

湖†の霧少年と住む白い馬

少年らエイトビートのクリスマス

大地の子

この童《わらわ》一元五角要らないか

帰郷

あの家はもうないのに

山崎ハコ

†父母といて会話とびとび春炬燵

†花りんご父母の盆地の広からず

信†濃路は少年の日の栗の花

あやめ草あやめも知れぬ妣《はは》の国

震災忌前世の母の美しき

†蕎麦の花列車傾きつつ走る

†孤児のように帰郷の単線駅に立つ

ふるさとの枯野に立てば我も墓守り

一家系尽きたり銀河燦然たり

ふるさとの枯野に尽きし一家系

晩い夏

さらば束の間の我らが夏の強き光よ

C・ボードレール

夏終るビルの谷間にキリコ展

廃盤のグレコを探す夏の果

夏終る見知らぬ街の盲壁

†装飾音だらけの楽譜夏終る

晩夏光野遊びの子がふっと消え

稲荷《おいなり》鮨が男やもめに憑き晩夏

防犯カメラの淫らな角度夏終る

晩夏という祭の中を漂流す

寡黙という韜晦に住み夏終る

夏終る滲み始めた水墨画

トランスフォルム

表現とは変換のことである

シュタインバッハ

†陽炎は湖のため息藻に住む泡

†夜の梅内耳にこぼし続ける砂

春愁やピアノ黒鍵から溶ける

†春の虹異形マンションやたらに生《は》え

啓蟄やざわりざわりと二枚舌

初蛙スノッブ集うカフェ・ドマゴ

冷[†]たさはやさしさに似て夜のリラ

亀鳴くや双子素数はゆりかごに

鳥雲に入りて遠野の童《わらわ》神

春一番ライ麦畑に捕手がいる

ライ麦畑で捕まえて　J・サリンジャー

†ふりむかぬひとのうなじにさくらちる

花の夜のはたちに恋の初舞台

†花冷えの木椅子は細い脚そろえ

花冷えや臓器に虚ろなるところ

飛花落花止んで天空あらたまる

躓いた市長のうわさ菜種梅雨

†我も仮面つけ五月雨の群衆へ

麦秋や街のシネマに非常口

ヒマラヤの王宮変事蛇苺

蛇《じゃ》が立って俺の抜け殻返せという

手と足が夢から戻る桐の花

鬱の日の一角獣と桐の花

総裁交代

†繰り返す儀式列島に湿舌垂れ

ベトナム戦火

†炎天の杭が見守る兵士の死

†炎昼や団地の夫人犬叱る

沖待ちのオランダ船や雲の峰

韜晦はやさしさに似て夏の風邪

夏の星無名の星として滅ぶ

迸る水の快楽巴里祭

虹二重もはや死もなく生もなく

八月の沖へ沖へと無数の蟹

地†に溜まる群衆炎天昏《くら》み出す

†新涼や夕闇銀の足垂らす

†レコードの回転秋の闇深まる

†すさまじき夜の白薔薇に耐えており

朝日俳壇昭和四七年草田男選第三席

†手に冷えるワイングラスの赤い霧

鏡花忌の鏡中暗き灯をともし

†カンナの赤眼の隅に入れ包丁研ぐ

†秋天を拒まれ鴉地に降りる

鰯雲湧きて地球の歩き方

†霧消えて湖をふちどる落葉林

†北山の霧を動かす男の肩

円覚寺

無学という大知識あり霧の寺

自分史の暮方にして霧襖

†黄落をつまさき立ちに男坂

†大銀杏叡智のように黄葉落とす

天の川溢れ音楽室濡らす

難民はぽろぽろこぼれ天の川

原爆忌　三句

何げない朝が始まる原爆忌

母と子の喃語の会話原爆忌

原爆忌笑って御飯食べている

いじめられた子が苦しんで、泣いて、死んでも、
いじめた子は変わらず、明日も笑ってご飯を食べる
春名風花

†秋風や進みがちなる置時計

秋風やさまようロブ・ノールこそ思え

ロブ・ノール　中国新疆省　シルクロードの移動する湖

秋風や対句だらけの唐詩選

秋風やたくらみ多き新古今

蜩やその日暮しの尾骶骨

不器用に愛を語れば稲光り

後の世を信ずるもよし吾亦紅

死の恐怖はたぶん錯覚烏瓜

長き夜は丸めてしまえ抽斗に

秋夕焼宇宙は無から生れたと

夜這星恍惚として消えにけり

晩年や午睡に混じる赤のまま

群衆のひとりは仮面秋の暮

蟷螂や小さな正義振りかざす

†冬の虹ピアノしきりに転調す

†胸中の枯野の果の赤い星

一枚の枯野捲れば兵馬俑

晩節や枯野に絶えし志

アドバルーン揚る傷だらけの枯野

木枯しへ青年一本の旗となり

核[†]家族木枯しの夜が縮み出す

みずうみへ木枯しの王に会いに行く

木枯しや女帝が愛でし地獄耳

武則天

冥婚の公主の墓や冬の蝶

永泰公主

冬銀河石集って哭くことも

何度目の輪廻転生冬銀河

極月や夫婦の弁証法対話

極月の胡桃の中に誰かいる

虎落笛机上に夜の遊園地

両肺に冬薔薇咲かせ入院す

†思慕つのる別れ寒灯は霧が消し

朝日俳壇昭和四八年楸邨選第一〇席

†風花に触れて花嫁透きとおる

追悼

落葉焚く残された者夢幻

†街路樹の枯れ寒林に入り混る

教え子は三児の母に去年今年

初旅や海より低い漁師町

大寒の指もてあます結び瘤

実朝忌天にいかずち地にいくさ

静脈の地図を辿ればけものの道

市役所に上目使いの舌平目

手を入れてたましい探る人形の
日月に蝕あり天人に五衰あり

大山鳴動して登仙の竹とんぼ
階段で躓き天命を聞き洩らす

ルネ・マグリット　二句

フランスパン浮かれて空に吊される

海昏れて追憶の白い額に血

連作

†ユーロトピア　八句

アルザス　四句

えにしだのゲーテ通りに通り雨

大戦の母子抱き合う時雨ては

冷まじき晩禱の鐘塔から降る

裸木となる路樹厚いチーズ買う

アラン・フルニエ　二句

蔦からまる作家の生家きつね雨

うねりうねる大地の波を牛泳ぐ

鳩とび交うゴンドラの黒花嫁の白

ヴェネツィア

ハイデルベルク

春塵にまみれゲーテの相聞歌

北京秋冬抄　五句

冬麗や眼に溢れ来る簡体字

秋風や夜市に売られ毛語録

秋霜の故宮のいらか現代史

古書市に黄落しきり紅楼夢

木枯しの出入口なし中南海

木枯し幼女　五句

毬に化けてころころ木枯し幼女かな

毬に化けてしばらく温き幼女かな

プノンペン　二句

美しきとかげ身を売る熱帯夜

西日中もの乞うホテル・パラダイス

プノンペンはカンボジアの首都

タイ　二句

南国のみ仏の膝菊香る

象飼いの刺青は薔薇クリスマス

ヴェトナム

歌姫とメコンを下る良夜かな

カンボジア抄　七句

朝の陽を撥ね亜麻色のふくらはぎ

子だくさんシクロに詰めて祝祭日

スコールが洗う裸子虹立ちぬ

乾季来て坊主頭の砂糖椰子

一椀のため一日薔薇と媚を売る

スコール去りメコンの大魚吊される

大夕焼花売り娘はポルポト派

近代新詠　四句

花冷えの北半球に佳人あり

春怨は歯痛に似たり後庭花

北方に佳人あり　李延年

朽縄よ愁いに縁りてかく長し

春灯は百花に優る秦《しん》淮《わい》河《が》

白髪三千丈愁いによってかくの如く長し　李白

杭州蘇州抄　五句

宵の月西湖とろとろ流し目す

遊客は呉越同舟水温む

みずうみや秋風人を愁殺す

水澄んで詩語流れ出す寒山寺

木綿着て絹売る蘇州花曇り

秋雨秋風人を愁殺す　秋瑾

冷泉家時雨亭　五句

きさらぎや紙魚あと著き明月記

院宣のよろしきことば春の雪

明月記の欠けたるところ鰯雲

和《う》歌《た》守りの末《す》裔《え》に侍りて秋扇

我ガ事ニアラズ秋夜のよそ心

春秋稚児記　春　八句

冴返る比叡に一稚児二山王

水干の稚児と僧都や花供養

藤若　三句

祇園会や大樹に侍る大桟敷

春月や児《こ》姿《し》すべらかに鹿苑寺

童形なれば、何としたるも幽玄なり
児姿は幽玄の本風なり　世阿弥

藤浪や室町殿を閨《ねや》とせむ

涅槃西風秘すれば花と匿われ

秘すれば花なり。秘せずは
花なるべからず　世阿弥

朧夜の姉が紅さす稚児の口

花冷えに契れば稚児の伏目かな

春秋稚児記　秋　八句

稚児灌頂秋日傾く金剛寺

名月や座に美しき賀茂の稚児

名月や座に美しき顔もなし　芭蕉

新涼や童舞のお指《よび》反り返る

稚児観音垂迹せりと萩の寺

菊香る宜しき夕べ稚児はじめ

菊香るきりりきりりと稚児の指

狐こわがる稚児に添い寝の夜長かな

稚児の頬静かに燃えて夜長かな

月澄《すむ》や狐こはがる児《ちご》の供《とも》　芭蕉

散文

俳句と方言

―一茶の一句をめぐって―

先日たまたま買った毎日新聞に、以前から気になっていた小林一茶の一句について、耳よりな情報を見つけた。一月八日の朝刊で、女性向き特集の一ページ全体を俳句講座「楽句塾」にあてている。講師は黒田杏子氏（第六回現代俳句女流賞、第五回俳人協会新人賞を受賞）。講座の中に「俳句史　一茶の俳句」という囲み欄があり、黒田氏は次のように書いている。

目出度さもちう位也おらが春

『おらが春』の巻頭に掲げられた句です。このちう位の意味を、私はごく最近まで、中程と思いこんでいたのですが、正しくは、あやふや、いい加減、どっちつかずといった意味を表す柏原地方の方言であることを、丸山一彦先生の注解で学びました。文政二年、一八一九新春の作。五十七才となった一茶にとって、この頃はもっとも幸福な時期でした。健康な妻は働きもので、長女のさとは三才のかわいいさかり、親子三

人無事に迎える春は何よりも安堵感にみちたものでした。同書のいちばん最後を飾る句は

ともかくもあなた任せのとしの暮

対にして眺めてみますと、なかなか面白い味わいと強烈な個性を感じさせられます。

（以下略）

筆者の父親は俳句詩歌の類にあまり知識も関心もない人間だったが、一茶の『おらが春』の、この一句については持論があって、筆者も何度か聞かされた。この句は景気の悪い年の新年の新聞の見出しなどに、よく利用されるため、新聞記者であった父親の関心を引いたのだろう。

この句の「ちう位」は、父親に説得されるまでもなく、長野市周辺、いわゆる北信地方の住民、出身者であれば、誰でも気づく代表的な方言で、中程ではなく、黒田氏が紹介しているような、あまり感心しない状態を表わす。つけ加えれば、主として人間に対して用いるもので、その他に「だらしのない」「おざなりな」「まの抜けた」「ふまじめな」等々、微妙なニュアンスを含んだ言葉である。人間の評価を数字化すれば、決して平均＝平凡＝五十パーセントではなく、二十五パーセント前後の評価になる。

長野市をはさんで、一茶の柏原（現長野県上水内郡信濃町）は北信地方の北端に、筆

者の出身地屋代（現千曲市）は北信地方の南端にある。屋代では「ちゅうぐらい」を、「う」は促音に詰めて、「ぐ」は濁らずに、「ちゅっくらい」、さらに崩すこともあって、「ちゅっくれ」と発音する。この発音が柏原でも行われているかは知らないし、一茶の時代の「ちう位」が、現代の「ちゅっくらい」と全く同じ意味かどうかは、厳密な考証が必要であろう。しかし、この句は北信地方出身者にとっては、読んだとたんにピンと来るのである。

屋代では、子どもたちが「ちゅっくれ」と、友だちをからかうし、大人たちは茶飲み話に、同席していない誰それが、「ちゅっくらい」だと軽蔑して話す。「ちゅっくらい」は非難や譴責や否定ではなく、からかい、軽蔑、揶揄、嘲笑の言葉なのである。若干の親しみさえ含まれるかも知れない。言われた方も、まともに怒り返すほど否定されたわけではない。にやにやするか、せいぜいふくれつらをするかの程度である。しかし、これを何度も言われると、「じわじわ」と来る。他人から本当には信用されないという、自信喪失症に陥る。だから「ちゅっくらい」は、実は怖ろしい言葉なのだ。

十年ほど前、佐伯先生のお宅の新年句会にうかがった折、何かのきっかけで、先生にこの話をしたことがある。俳句関係の学会で、「ちう位」が問題になったことはないように思う、という御返事であったと記憶する。柏原の地元や長野市と、その周辺の俳人たちが何も発言しないとしたら、ちょっと不思議だなと思ったものである。

いま手もとにある荻原井泉水編『一茶俳句集』（岩波文庫）を調べると、井泉水は「めでたさも中位なり」ということばからは、その上に、さらに上位のめでたさのあることを考えているように解せられるけれども、一茶のほんとうの気持は、「めでたさは中位なり……」であって、一体、人間の生活というものは凡て上位に上りすぎれば落ちる心配があり、下位に下積みにされたのではたまらない。中位のところに位置していることが一番好いので、それほど「めでたい」ことはないという気持である。そうしてそれを自分の世界として享受していることが「おらが春」という気持なのである。（以下略）

と書いている。もっとも『一茶俳句集』は大分古い本（初版昭和十年、同五十八年第四十五刷）ではあるが、近年の新聞の見出しでの使い方も、明らかにこのような解釈の線上にある。つまり筆者が述べた方言の意味からすると、ほとんど逆方向に向いている。ごく最近の金子兜太の『一茶句集』（昭和五十八年、岩波書店）でも、井泉水と同方向の解釈になっている。井泉水ほど「ちう位」を肯定形では受けとめていないが、方言だとの言及もない。

　あんまり目出度がりもせず、と言ってほったらかしということでもなく、阿弥陀さまにお任せしてほどほどの（「ちう位」の）正月を、ということだろう。高僧には高僧らしい新年の賀しかたがあるが、並の者には格別のこともできないからほどほどに、と受け取ってもよかろう。

この句を読むと、一茶のなんとない自足の心情を覚える。（以下略）

とある。高僧うんぬんのくだりは、この句には前文があり（筆者は浅学にして初耳であった）、『沙石集』から得た高僧のエピソードを、一茶が書いているという。金子氏はこれについて若干の解説を加えているが、筆者の論旨に本質的な影響はないと見たので、ここでは触れない。

さて『おらが春』中のこの一句の、俳句としての価値はどうか。標準語の中位＝半分＝五十パーセントの意味を採っても、それなりに面白い。だからこそ新聞記者のアンテナに触れるのだろうし、井泉水や金子氏の解釈も成り立つ。一茶自身江戸の俳壇を意識して、「ちう位」と表記したのではないか。どうせ方言のニュアンスは地元でしか伝わらないと。標準語の「中位」の理知的面白さで妥協したのだ。

「ちゅっくらい」によって人をからかいからかわれ、傷つき傷つけられてきた地元の読み手にとっては、主に人間に対する言葉を「めでたさ」という抽象的感覚に対して使った、いわば擬人法と、「おらが春」をからかい、嘲笑し、自己不信自己嫌悪を強烈に放射しているところに、この句の真価があるとすぐに分かる。彼らが感ずるのは、「安堵感」や「ほどほどの自足の心情」や、まして中位のところにいるほどめでたいことはない、などではなくて、人生の、一抹のユーモアも含むが、また「じわじわ」と寄せて来る不快な側面であり、不満である。男らしい居直りではなく、未練がましいあきらめである。方言のニュアンスがこの句の中核なのだ。

丸山氏の注釈により、「ちう位」の意味を学ばれた黒田氏が新しい見方をされ、「あなた任せ」の句と対にして、一茶の強烈な個性を感じ取られたことはたいへん喜ばしい。方言の意味が正確に認知されたことは一歩前進であろう。しかし、黒田氏が「ちう位」にまつわる深い陰影を、ほんとうに感じとられたとは信じられない。注解は、方言の意味の標準語訳に過ぎないからだ。それはもちろん黒田氏の罪ではない。方言の無意識的深層の意味、したがってその本質的部分は、狭い地域社会の共同体験、そこに住む個人の幼児体験、生活体験の総体から生ずるのだから。

このように言ってしまえば、方言をネイティブ・スピーカーではない人に説明するのは、ほとんど無駄だということになる。特に俳句、詩歌の場合には。「おらが春」の句は北信という一地方のネイティブ・スピーカーにとってだけ傑作であって、標準語による旧来の解釈ではもちろんのこと、方言の意味を知った上での、地域外の読み手にとっては、本当の方言のニュアンスから切り離されている以上、単なる佳作にすぎないことになる。

関連して思い浮かぶのは、宮沢賢治の『春と修羅』にある高名な詩である。二才年下の妹トシが二十五才で亡くなった当日に書かれた「無声慟哭」の三編には、標準語の詩句の間に、瀕死のトシがつぶやく花巻方言がはさまれている。

あめゆじゅとてちてけんじゃ（あめゆきとってきてください）

ora ora de shitori eguno（あたしはあたしでひとりいきます）

長いので省くが、他に「また生れてくるときは、こんなに自分のことばかりで苦しまないように生れてきます」という意味のつぶやきもある。括弧内に示した原注で意味を理解し、賢治の近親相愛《インセスト》とも言われる、度を越した妹への思いを知った読者は、トシのけなげさに泣けてしまうし、この「わが国における挽歌のなかでも最もすぐれた作品」（中村稔）に心打たれるだろう。しかし、これら花巻方言の深層の意味、賢治とトシとが手をつないで遊んだ、花巻幼児体験の天国を知らない我々にとって、「無声慟哭」の深さを正確に測ることはできないのではないかと怖れる。

ともあれ、丸山氏の注解によって、「ちゅっくらい」が学会、俳壇にオーソライズされたらしいことは、一茶自身、地元柏原、北信地方の人々にとっては喜ぶべきことだろう。また「ちゅうぐらい」が標準語として生きている限り、この句は一茶の代表作として後世に伝わるに違いない。ネイティブ・スピーカーとしても、そのあたりで満足すべきかも知れない。

ただ強引に一般化して言えば、たとえ標準語の俳句、広くは詩歌においても、作者のひとりひとりの深層が、作者自身のことばにまつわりついて、その主要な部分を規定するとするなら、それを個人の方言と呼ぶならば、短詩型の場合、作品のいのちは本当には他人にコミュニケートできず、読み手は詩の中核に触れられず、周辺をうろつくだけという結果になる。短詩型のセマンティクスには、つねにこのような危険がつきまとうようだ。

〈昭和六十二年　俳句作家連盟第八回連盟賞　評論の部佳作
「檣頭」第一〇一号　昭和六十二年二月号に転載〉

文学の中の数学用語

1　ベクトルと位相は必要か

近年文学作品や人文・社会科学の論文など文科系の文章の中に、数学用語の濫用が目立つ。その代表は「ベクトル」である。ベクトル（vector）は高校で習った通り、方向を持つ量であり、黒板では方向は矢印を描いて表され、量としての大きさは矢軸の長さによって表される。ベクトルは量であるからには数と同様、足し算・引き算と掛け算（詳しくは内積、外積、スカラー倍の3種類）などの演算ができる。

ベクトルが置かれる場所（比喩的にいえばベクトルが住む世界）の広がりを次元と言う。周知のように平面上のベクトルは2次元、空間内のベクトルは3次元である。現代数学では抽象化が進み、ベクトルの概念も高校で習ったものとはだいぶ様相が異なる。たとえば関数などもベクトルと見ることができ、それは無限次元である。

しかし最も重要な点は、単独のベクトルは数学的には無意味だということだ。前述の演算にしても、ベクトルが二つあってこそ足したり掛けたりできるわけだ。同次元のベクトル（それは無数にある）をすべて集めて、線形空間（またはベクトル空間）という。線形空間の理論の主要なテーマは、ベクトル相互の関係（正式には変換）を研究することである。ひとつのベクトルは変換されて、一般に方向も長さも異なった別のベクトルになる。変換はベクトルに行列（マトリックス）を作用させることにより実現される。従って線形空間の理論は行列論とも呼ばれる。こんなわけで単にベクトルと言われても、数学者にはナンセンスにしか聞こえない。

文学や文科系の文章では、ベクトルという言葉は、もっぱら方向の比喩として使われているようだ。黒板に描かれた矢印の印象がよほど強烈だったに違いない。ところがベクトルの量としての側面は、きれいさっぱり忘れられている。

ひとつだけ例をあげよう。石原慎太郎氏の比較的近年の小説『僕は結婚しない』の中に「……敵は何を察してか話題のベクトルを変えて……」という文章がある（傍点筆者）。そろそろ四十になる主人公が、母親に結婚をすすめられる場面である。敵とは母親のことであり、息子があいまいな返事しかしないので、敵は話を搦め手の方に振ったのだ。「話題の方向を変えて」と書けばすむところを、ベクトルとした理由は何か。私見では実質的な理由は何もないし、文学的にも幼稚な虚飾にすぎない。数学のカタカナ語を使って見せるという気取り！　これが洒落た表現であると著者が考えているなら、作家とはだいぶん子供っぽい人種ではないだろうか。

石原氏に限らず、文科系の文章に頻出するベクトルを目にすると、我々数学者は違和感を禁じえない。違和感の内容は複雑だ。まず照れくさい。抽象概念であるベクトルが、こんな場違いな使われ方をしているのが何やら恥ずかしい。そのうち背中がむずむずしてくる。次いで、ベクトルの数学的意味が分かって使っているのかな、という疑問が生じる。気易くベクトルなんて言ってくれるなよ！　という反発。本当の私を知らないくせに「愛してる」なんて気易く言わないでよ、という女性の気持ちがよく分かる。

とはいえ、ベクトルは今や文科系文体の中にすっかり定着し、使い方も巧妙になり、文脈の中で違和感なく収まっている例も多く見られる。見慣れているうちに、数学者としてもいちいち反発するのに疲れ、背筋のむずがゆさも減ってきて、まあいいかということになった。まったく慣れとは恐ろしい！

明治時代奔流のような西洋文化移入の際、人々は苦心して西洋語に対応する新しい漢字熟語を造り、結果として漢字仮名交じり文という近代日本語文の美は汚染を免れた。対照的に現代の日本語は、西洋語の音をそのままカタカナで表したカタカナ語の氾濫である。現在日常の会話においてカタカナ語をまったく使えないとしたら、人々は不便を感じるに違いない。かなは表音文字であり、外国語の音、ことに人名・地名を表すにはまことに便利なものである。中国語には表音文字がないので苦心惨憺することになる。例えばチャイコフスキーは柴可夫斯基、カリフォルニアは加利福尼亜といった具合である。

長い年月漢語を取り入れることによって、日本語は豊かになったといわれる。カタカナ語の多用についても同じことが言えるかどうか疑問である。我々は近代日本語の美のかわりに便利さを選んだとするのが正しいだろう。西洋語彙のうち、上手い漢字熟語を造れないものは仕方がないが、方向という言葉があるのに、ベクトルというカタカナ語を使うのは愚かなペダントリーである。中国人はベクトルに対して向量という熟語を造った。我々もこのような漢字の造語力をもっと活用すべきではないだろうか。

ベクトルの他に、「位相」もよく見かけることばだ。位相は物理学用語でもあり、数学の位相と物理の位相はまるで違う概念である。まず数学の位相から説明する。

微分積分学を基礎とするいわゆる解析学においては、数列の極限や関数の連続性などの概念が基本的であり、その初歩的な解説は高校の数学にある。一般の抽象的空間（集合）においても適当な構造を与えれば極限や連続が定義され、解析学と相似な理論ができる。このような構造を位相（topology）と言い、位相を与えられた空間（集合）を位相空間と言う。

位相の入れ方（与え方）にはいろいろあるが、本質的にはみな同じで、近傍による方法が普通である。すなわち空間の各点（集合の各要素）に、それを含む部分集合の集まりで、ある条件を満たすものを対応させる。その集まりをその点の近傍系と言い、各部分集合を近傍と言う。感覚的に言えば、近傍により点どうしの近さやつながり具合が設定されたことになる。

物理の位相は波動すなわち波に関係がある。周期的な波の1周期内の進行段階を示す量が位相（phase）である。基本的な正弦波（サイン波）の場合、1周期で位相は2πだけ増える。感覚的に言えば位相は波の進み方を表す。

さて、位相は文科系の一分野である言語学の正式な用語でもあるらしい。言語学辞典によれば、同じ基本的な意味でありながら、副次的意味やニュアンスの違う語があり、それは語の使われる場面の違いによって生まれる。例えば同じ「父」を表すのに、チチがあり、オトウサンがあり、またオヤジがある。言語のこのような側面を社会的様式（social style）、または位相（phase）と言う。Phaseという英語からも推察されるが、言語学の位相は物理学の位相からヒントをえて言語学者が導入したという。

国語辞典によれば、位相の一般的な用法は言語学の位相から派生したものである。すなわち、ある世界や社会の中で、当該の事物がどういう位置にあるかということ。またその位置そのものを表す。国語辞典が保障している以上、一般用法の位相は文章語として定着したと見られる。しかしその過度の使用は一種のペダントリーではあるまいか。また数学において位相が最も基本的な重要概念であるところから、特殊な立場ではあるが、数学者にとって位相が多用された文章はいささか気になるのである。

位相という言葉が好きな文筆家のひとりが、詩人・思想家の吉本隆明氏である。彼の主著『共同幻想論』からいくつか引用しよう（『改訂新版共同幻想論』角川文庫による）。「序」文の中に「……言語を表現するものは、そのつどひとりの個体であるが、このひとりの個体という位相は、人間がこの世界でとりうる態度のうちどう位置づけられるべきだろうか、人間はひとりの個体という以外にどんな態度をとりうるものか、……」（傍点筆者、以下の諸例文でも同じ）という文章がある。ここで「位相」は人間がとりうる複数の態度のうちのひとつ（の位置）を意味しており、著者の文意は明快である。同じ文意は位相という言葉を使わずにも表現できるが、ここでの位相の使用は適切であろう。

同じ「序」の中の「……経済学でも、あるがままの現実の生産の学ではないのです。それは論理のある抽象度をもっているわけです。その位相というものがある。つまり水準というものがあるわけで、それがどういう水準にあるかということをよくつかまえることができないで、あるがままの現実の動き、あるいは技術の発展とか、……そういうものがなにか論理の抽象度というものとしばしば混同されてごっちゃになって考えが展開されるから、そこのところでひどい混乱が生れてきてしまうということがあると思うんですよ。……」という文章では、「位相」は（論理の抽象度の）水準という価値を表す意味に拡張されて使われている。もっとも価値の諸段階のあるひとつの位置と解されないこともない。

吉本氏の考えでは、国家、宗教、法、風俗などは、目に見える所はその機能的な形態であり、本質ではない。それらの本質は共同の幻想であるという。上記例文はこのような思想的文脈の中にある。吉本氏は共同幻想の思想をマルクスから学んだという。これはマルクス理論の新解釈または修正とも見られ、彼は主に日本のマルキストに対する批判を展開しているが、この論説の目的からは外れるので省略する。

次は『共同幻想論』本論中の、王に対する禁制や近親婚に対する禁制など、共同幻想としての禁制（タブー）を論じている章からの引用（ただし近親婚については対幻想という用語を使う）である。資料として利用された柳田國男の『遠野物語』の民話の中で、しばしば女子供をさらうと信じられている山人に対する、村人の恐怖心にかかわる個所である。

「……直接体験からへだたって、たとえば村の古老の誰某の体験だとか、村の誰某が実際に体験した話を聞いたのだが、というような媒介が入りこむほど、〈恐怖の〉迫真力はおとろえる。と同時に虚構が入りまじり、虚構がますにつれて〈恐怖〉は、いわば〈共同性〉の度合を獲得してゆく。『遠野物語』は、この又聞き話とそうだ話という位相で直接体験と接触している。この独特な位相は柳田民俗学の学的な出発の位相をよく象徴しているということができよう」。

この引用中位相は三つある。一番目の位相は、直接体験が又聞き話などにずれていくというだけのことであり、論点をかえって分かりにくくしている。二番目の位相は見方の意味であり、三番目の位相は立場とした方が分かり易い。三つの位相は使う必要のないものであり、ペダンティックな用語法と言えよう。

「位相」という語を一字ずつに分解してみる。漢和辞典および国語辞典によれば「位」の意味は人や物のある場所・位置・地位などであり、「相」の意味はすがた・ありさま・形などである。数学の位相（topology）は、空間の各点の位置と他の点とのつながり具合を指定するものであり、物理の位相（phase）は1周期内の波の進行位置を示すものだから、どちらの場合も位相という訳語を新造して当てたのは適切であったと思われる。

次に英語のtopologyを分解してみる。これも近代の新造語であり、ギリシャ語のtopos（場所）に由来する接頭辞topo-と、…学、…論を意味するラテン語由来の接尾辞-logyとをつなげたものである。位相数学は最初analysis of situs（位置の解析）と呼ばれた。これをtopologyに置き換えたのは数学者のペダントリーであろう。

次にphaseを調べてみる。英英辞典によれば、その意味は変化や発展の段階（局面）を表すとある。口語として使うには固すぎるが、文章語としては普通のことばであろう。

日本語の位相は数学・物理学どちらの専門用語としても、まったく問題はない。しかし位相の一般的用法についてはやや問題がありそうだ。口語ではもちろん、普通の文章の中に「位相」が出てきたら一般の読者は戸惑い、専門用語のように感じるのではないだろうか。位相を多用するのは人文・社会科学系の学者と、同系統の評論家である。彼らにとって位相は意味もイメージも明瞭な便利なことばのようであり、講演や座談会などで口癖のように連発するのを聴いたことがある。

以上のように見てきて、一般用法の「位相」は日本の現代文章語としては社会的に未熟な、固い語感の、使いづらい言葉であるというのが筆者の結論である。

断っておくが、言葉には一般に意味の広がりがあり、ある曖昧さを残していることを筆者は否定するつもりはない。そうでなくては会話や書き物は非常に不便になるに違いない。前述の一般用法における位相も、ある種の曖昧さによって評論家たちに愛用されているのだろう。数学においてはその性質上、扱う概念はすべて厳密に定義され、曖昧さの余地がまったくない論理性が要求される。一般の社会の中で通用している言葉に対して、そのようなガチガチの厳密性は、かえってマイナスであり求める必要はない。

筆者の主張は、無意味なペダントリーやファッションによって文章を飾って読者を圧迫し、文意を晦まし、結局自らの文章を汚染してしまう行為への反対である。筆者の立場は第3章で紹介するソーカル教授の立場と同じである。教授はポスト・モダン思想を展開する主に現代フランスの哲学者たちが、無意味に数学用語・物理学用語を濫用し、彼らの論文をファッショナブルに飾って読者を混乱させたと告発したのである。

2　俳句の中で

数学者の名前を冠した数学理論またはその名前自身を持ち込んだ俳句を目にしたことがある。数学上の業績がどれほど優れていようと、社会の一般常識・一般認知度からはずれた人名の使用では、俳句は成立しないと思われる。私見では可能性のある名前は極くわずかに過ぎない。

古代では、中学数学で習う三平方定理のピタゴラス、幾何学原論を書いたユークリッド、浮力を発見したアルキメデスなど。近世では確率論の創始者パスカル、座標を発明した哲学者のデカルト、地動説のガリレオ、万有引力を発見し、微積分を発明したニュートンなど。19世紀～20世紀では方程式論を革新したが、21歳の若さで恋愛のトラブルから決闘に倒れたガロア、物理学者だが、相対性理論であまりにも有名なアインシュタインなど。アインシュタインの舌をべろんと出した写真は人口に膾炙している。

以上が詩・歌・句に使用可能な人名であろう。それ以外はたぶん単なる物知りの誇示に過ぎないと思われる。

それに引き替え漢字の数学用語の使用は、成功例が多い。ただし小・中・高校で教わる初等数学用語で、一般の認知度の高いものに限られる。高度の専門用語の使用は無理であろう。一般論として、詩・歌・句においては、言葉のイメージ喚起力や比喩作用が中心課題だから、小説・評論など散文よりも言葉の選択は許容範囲が広くなる。表意文字である漢字はイメージ喚起力が強いと思われる。俳句なら俳句の中に数学用語が適切に使われるなら、一概に濫用と決めつけるわけにはいかない。問題は一句が俳句として成立しているかどうかの一点だ。以下漢字数学用語を含んだ作品をいくつか検討してみよう。

まず俳誌「麦」の樋口愚童氏の

虚数実数とうもろこしの馨り滓　愚童

これは「麦」の巻頭句であり「麦」会長田沼文雄氏の懇切な鑑賞がある。「虚数実数」の浮遊する観念に対して、「馨り滓」の糞リアリズムのユーモラスな対比、と評された。実数も虚数も数学の抽象概念であり、もちろん虚数の方が抽象度が高い。しかし簡単な二次方程式ですら、虚数を使わねば解けない。したがって中学・高校で虚数（より一般に複素数）を習うのであり、それは数学用語として知名度が高く、人々にかなり実体的・感覚的に把握されていると思う。その限りで本句は荒唐無稽ではない。

以下「麦」の俳句の中から、数学用語が効果的に使われたいくつかの例を紹介する。

深海魚飼う円錐の塔のなか　平山道子

この無季俳句においては「円錐」の存在感は凄い。一句を踏まえて屹立している。季語以上の働きをしている。筆者は一読して超現実派のジョルジョ・デ・キリコの絵画を連想した。キリコも多くの塔を描いている。しかし描かれたものの具体的な対応は重要ではない。ほとんど視力を失った深海魚を、円錐の塔の中に眺めている作者の孤独と不安と憂愁は、キリコの広場の孤独や、アーケードの沈黙や、影によって暗示される人物の存在などのイメージに極めて近い。キリコの「街のミステリーとメランコリー」という作品では、輪回しをする女の子は実体のない影であり、左右のアーケードは別々の消失点を持っていて、不安定感を醸す。しかしこの静寂な無時間的空間には人を惹きつける奇妙な魅力がある。キリコの絵画と平山氏の俳句は「孤独と不安の幾何学」と名付けることもできる。実は彼らはこの孤独と不安を嫌ってはいない。

微分積分三椏花を密にする　大石壽美

微分は変化率を計算し、積分は微分の逆演算であって流れを復旧する。感覚的に言えば微分は分解で積分は綜合である。三椏は破砕され美しい和紙になって甦るというアナロジーの成立。変身のために花を増やしていく。

五七五素数美し二つ星　滝澤伸行

俳句と短歌の構成要素の五と七は素数である。俳句の音数律をきっかけに、素数の美しさを発見したところがこの句の面白さである。日常の中で素数はよく目に付くし、それ以外にも人々は何か神秘的な美と力を感じ取って、素数に関わりを持って来た。

七五三によって子どもの健やかな成長を願い、聖書では天地創造の仕事を完成した神は七日目を安息日とした。一週を七日に区切る我々の暦法の起源である。素数は邪悪な力を持つこともあり、周知のようにキリスト教圏では十三は忌むべき素数である。

中学で習ったように、素数とは自分と1以外に約数を持たない自然数である。したがって2が唯一の偶数の素数で、それ以外の素数はすべて奇数である。自然数はすべていくつかの素数の積で表せる（素因数分解）。小さな素数（例えば１００以下の）を求めるのは簡単だが、大きな素数を求めるのは難しい。というのは、自然数の中で素数はどのような法則で分布しているかが分からないからだ。つまり素数はデタラメに現われているように見えるのだ。子どもでも知っている自然数だが、どんな大きな自然数もあるわけで、巨大な自然数は怪物性を現す。それが素数であるかどうかは、原理的には分かるはずだが、現実には途方もない時間がかかり（例えば何百年何千年）実行不可能である。先日約2233万桁の巨大素数の発見が新聞紙上で報道された（二〇一六年一月二四日朝日新聞朝刊）。発見者は米国の数学者で、八百台のコンピューターを使った計算によった。これが現在判明している一番大きな素数である。

亀鳴くや双子素数をゆりかごに　鴇沢正道

双子素数とは偶数を一つ挿んで隣り合っている二つの素数の組のことである。（5、7）、（11、13）、（17、19）などがその例である。素数が無限に存在することは古代の数学者ユークリッドにより証明されたが、双子素数が無限にあるかどうかは今のところ不明である。

「麦」以外の例を示そう。

子が泣いてわが家は雨の立方体　　高野ムツオ

激しい雨によって閉じ込められた我が家の、立方体という見立ては鋭い。子どもは立方体の牢獄の中で泣き叫んでいる。
　最後に前衛詩人・俳人の加藤郁乎氏の怪作。

南柯がぽあんかれーらいすで恵比寿る　　加藤郁乎

悪ふざけに近い言葉遊びであり、俳句としてのコメントはできない。南柯は、中国唐代の伝奇小説に『南柯太守伝』というのがあり、主人公はたいそう出世するが、夢の中の話だったというストーリーで、南柯の夢とははかないことの喩えである。アンリ・ポアンカレは十九世紀末から二十世紀初頭にかけて活躍したフランスの数学者で、業績は多岐にわたるが、中でも現代数学の重要分野である「位相幾何学（トポロジー）」の創始が際立っている。微分位相幾何学の分野で百年間未解決であった「ポアンカレ予想」が、近年証明されて話題になった。

3　ソーカル事件の衝撃

文学の関連分野である哲学、思想、社会・人文科学の最先端で起きた、数学・物理学用語の濫用スキャンダルを紹介しよう。舞台はフランスと米国の知的世界。主役はフランス現代思想家たち。狂言回しは二人の物理学者。

歴史的背景を説明すると、第二次世界大戦後フランスの哲学・思想界は爆発的な活況を呈し、著名な思想家を輩出した。彼らの思想は世界的な影響力を持ち、大戦直後はサルトルの「実存主義」、次いで「構造主義」が流行した。文化人類学のC・レヴィ＝ストロース、精神分析学のJ・ラカンらを始めとする構造主義者の著作は、日本でも次々と翻訳された。その後のフランス思想界は「ポスト構造主義」および「ポストモダニズム」と呼ばれる思潮に推移している。構造主義・ポスト構造主義の一つの特徴は、数学・物理学的発想とその用語の借用が多いことだ。

事の発端はレヴィ＝ストロースが未開社会の親族構造の分析に、著名な数学者アンドレ・ヴェイユの助力をえて、代数学の群論を利用し成功を収めたことにある。この成功に刺激されて、フランスの思想家・文科系学者はいっせいに数学・物理学からの借用を開始し米国にも多くの追従者が現れた。

もともと「構造主義」は最初数学の世界に現れた思想で、第二次大戦後世界の数学界の指導的立場に立ったフランスの数学者グループ「ブルバキ」の提唱したものである。数、関数、方程式、図形など個々の数学的対象を個別に研究するのではなく、それらの間の相互関係を研究すべきだという。その相互関係を「構造」と呼ぶのである。この考えには優れた効能があった。数学のある分野で一つの構造を抽出しておくと、異なった分野でも類似の構造が次々に見つかったのである。この関係を数学用語で「同型」という。

数学はこれら幾つかの同型構造を抽出して研究し、それを個々の数学分野に戻してやればよいことになった。数学は「構造の科学」になったのである。これが数学の「構造主義」である。現在では数学の目ぼしい構造は出尽くし、構造を抽出するより具体的問題そのものの研究に流れが変わってきた。しかし構造主義数学の影響は未だに大きく、構造の概念なしに数学の研究を進めることは当分困難であろう。

レヴィ＝ストロースに話を戻すと、未開社会では親族組織が発達していて、中心的な役割を担っている。その最も単純な基本形は母系・外婚的・二分組織である。それはひとつの共同体が二つに分かれており、それぞれを半族という。二つの半族をA、Bとしよう。母系とは子どもは母親と同じ半族に属するというルールである。外婚的とは各半族内部では結婚は禁止されていて、結婚はA、Bの間で行われるというルールである。このことを二分組織はふたつの婚姻クラスを持つともいう。

この婚姻ルールから論理的に証明できる目立った現象が、有名な交差イトコ婚（クロスカズン・マリッジ）である。同性キョウダイ（兄弟、姉妹）の子ども同士を平行イトコ、異性キョウダイ（兄妹、姉弟）の子ども同士を交差イトコという。この二分組織では平行イトコ同士は結婚できないが、交差イトコ同士は結婚できる。自分がA半族の人間だとすれば、平行イトコはみなA半族に属するから、外婚ルールに抵触するが、交差イトコはみなB半族に属するからである。

オーストラリア原住民には二分組織の基本形の他に、共同体が倍々に分割される、より複雑な四分組織、八分組織、十六分組織などの未開社会がある。レヴィ＝ストロースは母系二分組織に父系二分組織が交差してできた四分組織であるカリエラ族の組織（カリエラ体系）の研究で決定的な成果を得た。父系半族は一緒に住む人たちの居住集団であり、母系半族はカリエラ族の意識の中にある血縁を表す集団である。子どもは母から姓＝家名をもらい、父から地名をもらうわけだ。彼はまたカリエラ体系でも交差イトコ婚が成り立つことを証明した。

レヴィ＝ストロースはカリエラ体系を、孤立した集団からより広い社会を成立させるための優れたルールであると称賛している。この点については、註1に詳細な説明がある。


カリエラ体系は数学的には群論におけるクライン四元群という構造を持つ。不思議なことに、この群は一見無関係な分野の様々な現象に顔を出す。音楽の分野では作曲の基本的なテクニックに逆行と反行がある。前者は楽譜に書いたメロディーを後ろから弾くことで、後者はメロディーの音高を逆にして弾くことだ。逆行と反行はそれらを同時に行う反行逆行と共に、やはりクライン四元群の構造を持つ。

もうひとつ例を上げれば、高校数学にもある命題の変換、すなわちある命題と、その逆、裏、待遇の関係もクライン四元群である。したがって、この群は様々な分野から抽出した同型な構造と見做すことができる。これは構造主義の有効性の分かり易い例であろう。

さてレヴィ＝ストロースはさらに進んで八分組織のアランダ体系を類似の方法で解析することができたが、次のムルンギン体系に到って行き詰った。これは十六分組織で、複雑な婚姻規則を持つ。ここで数学者Ａ・ヴェイユの登場になる。彼は群論の進んだ理論を用いてムルンギン体系の解析に成功した。その詳細はレヴィ＝ストロースの主著の一つ『親族の基本構造』（註２）のサプルメントにある。

これらの成功によって、レヴィ＝ストロースは文化人類学や社会学の、親族構造以外の様々な現象の内にも群構造が潜んでいると確信した節がある。極端にいえば、人文・社会科学の数学化である。彼はライフワークの「神話学」において、諸民族の神話から抽出した神話の基本的要素である神話素の間に群論的構造を見出そうとした。しかし彼が後に認めたようにこれは失敗に終わった。未開社会の単純でかつ合理的な婚姻ルールに比べて、神話の世界は非合理かつ複雑で混沌としていたのである。彼は数学を正しく利用できる範囲に留め、後継の構造主義者のような濫用には陥らなかった。

さてソーカル事件である。Ａ・ソーカルは現代数学にも造詣の深い米国の物理学者で、レヴィ＝ストロース以後輩出したフランスの構造主義者、ポスト構造主義者、ポストモダンの思想家たちの数学用語の濫用・誤用を指摘し、彼らの著作のあるものは、全くナンセンスな言葉と文章を弄んでいるに過ぎないと告発した。

そのために彼はあるいたずらをした。ポストモダン思想の分野で有力な米国のある学術雑誌に、数学・物理学用語と、馬鹿げた表現をたっぷり盛り込んだ哲学的パロディ論文を投稿したところ、相手はまんまとひっかかり、採用され出版されたのである。ソーカルはこれがいたずらだったことを公表し、専門家の間ではもちろん一般のマスコミをも巻き込む大騒動になった（一九九六年）。

ソーカルとベルギーの物理学者J・ブリクモンの共著『知の欺瞞』（一九九八年　邦訳岩波書店　二〇〇〇年　註3）はこのスキャンダルの経緯と、思想家批判の彼らの論拠を詳しく述べたものである。批判の対象になったのは精神分析のJ・ラカン、記号学のJ・クリステヴァ、社会学・哲学のJ・ボードリヤール、哲学のG・ドゥルーズなど著名な思想家を網羅している。以下この本の中で批判された数学・物理学用語の濫用例を紹介する。

まずフロイトの再来ともいわれるカリスマ精神分析学者J・ラカンの濫用振りを取り上げる。次の文章は彼の講演の一節である。〝この享楽の空間では、何らかの**有界なもの**、**閉じたもの**を取り上げること、それはひとつの場所＝**軌跡**であり、それについて語ること、それはひとつの**トポロジー**なのだ〃ここでは空間、有界、閉じた、軌跡、トポロジーなどの数学用語（位相幾何学の）が使われているが、この文章は数学的にはまったくナンセンスである。（太字は筆者。以下同様）。「享楽」とは精神分析のテーマである性的享楽のことであるらしいが、それとトポロジーとが、どのように関わるのか全く説明がない。トポロジーに執着の強いラカンはそれと精神分析を結び付けようとして、他にもいろいろな珍説を展開している。

トポロジー以外でもラカンの途方もない疑似数学は続く。次は彼のあるセミナー中の記号学に関する奇怪な等式である。

$$\frac{S\text{（記号表現）}}{s\text{（記号内容）}} = s\text{（言表されたもの）}$$

ラカンは$S=(-1)$を代入し等式を分数のように見て分母をはらい、sの二乗$s^2=(-1)$から$s=\sqrt{-1}$を導いている。$\sqrt{-1}$は数学ではiと表示される虚数単位である。この算数は明らかに荒唐無稽である。記号表現も記号内容も、言表されたものも数ではないし、中間の線は分数を表しているわけでもない。しかしラカンは等式の帰結として大真面目に

〝勃起性の器官は$\sqrt{-1}$と等価〟

などと述べソーカルを呆れさせている。ソーカル、ブリクモンの「知の欺瞞」には上記以外にも、数理論理学などからの誤用・濫用の多くの例を上げている。ここでは最後にラカンの奇妙な箴言あるいはメタファーを紹介しよう。

〝「ゼロが無理数であるような微積分学」としての人生〟

こんな一行を前にして我々は何を感じ何を考えたらいいのだろうか。

ソーカルらはラカンの精神分析をすべて否定するつもりはないようである。しかしラカンの数学はアナロジーあるいはメタファーなのかも知れないが、ラカンはその根拠を示さないし、あまりに荒唐無稽なので心理学には全く役に立たないだろうし、衒学的な言葉遊びと形式的議論に堕している、彼は裸の王様なのだと結論を下している。実際前記のような奇妙な言説を読み解こうと、必死に頭を悩ます学生が現在もいるとしたら、気の毒というより滑稽と言わざるをえない。しかしラカンの死後（一九八一年）も、弟子や賛同者は依然として混沌として判じ物めいた著作をバイブルとして崇め、その解釈と普及に努めている。〝つまるところ、我々は新たな宗教を相手にしているのではないかとうたがっていい〟とソーカルは述べている。

ソーカルが次に取り上げたのは文学理論や記号論の分野で著名なJ・クリステヴァである。彼女は旧ソ連の美学者M・バフチンの考えを精密化し、文学批評家R・バルトと共に、「間テクスト性」という思想を一般化して、文学観に衝撃的革命をもたらした人物としても名高い。「間テクスト性」においてはどんなテクスト（作品）も、他のテクストの引用のモザイクであり、さまざまな引用の織り込まれた織物であると考える。すなわち一つの作品が他の作品群とは無関係に、完全なオリジナルとして書かれることはありえない。独創性とかオリジナリティーといった概念はもはや意味がないと言う。

クリステヴァの数学濫用は初期の著作に現れるだけであるが、濫用の典型例になっているので、見逃すわけにはいかないとソーカルは言う。意味不明な文章だが、様々な数学用語をつなぎ合わせる彼女の技巧は大したものだと、ソーカルは皮肉を言っている。まずこんな文章がある。詩の言語とは〝（数学の）**集合論**に依拠して理論化しうるような形式的体系〟。また〝詩的論理においては、**連続の濃度**という概念が0と2のあいだを包含しているのであり、この連続は、0が明示され、1が暗々裏に踏みにじられていることを表している〟。ここではクリステヴァは集合｛0、1｝と区間［0、1］の混同というミスを犯している。前者はたった2元（＝要素）の有限集合であり、後者は連続濃度を持つ無限集合である。

一般に数学の無限集合の大きさを表すのが**濃度**であり、自然数全体とそれに一対一対応が付けられる集合は**可付番濃度**を持つという。実数全体はもちろん自然数を含むが、自然数全体とは一対一対応が付けられないことが証明されている。これを実数全体は**連続濃度**を持つという。つまり連続濃度の集合の方が可付番濃度の集合より無限の程度が大きいのである。

そもそも過去の文学作品は厖大な量に上るが有限である。有限な書き手が有限な言葉で書いたからである。未来の作品を含めても作品の量は可付番無限にしかならないのは自明である。詩論に関する限り、連続濃度が出現するのは矛盾という他はない。

ソーカルはクリステヴァが読者を圧倒するために用いた、多くは自分自身でも理解していない華麗な用語を列挙している。**$C_0(R^3)$**、**集合論の選択公理**、**位相空間**と**可換環**、**冪等性**、**直交補空間を持つデデキント構造**、**無限汎関数のヒルベルト空間**、等々。

このうち$C_0(R^3)$は関数空間の一種であり、3次元ユークリッド空間の連続関数で、無限遠で0に近づくもの全体の集合である。クリステヴァは精神分析学のある著作で、〝主体＝患者をC_0の中に置く〟という奇怪な表現をしている。

J・ボードリヤールは現実、外観、幻想などの社会的通説に対する挑戦によって有名な社会学者・哲学者である。彼の言説にも科学用語の多用・濫用が見られる。次は湾岸戦争についての文章の引用。

〃すばらしいのは、二つの仮説、リアルタイムのアポカリプスと純粋戦争の仮説と、現実性に対する潜在性の勝利の仮説が、同じ時空で同時に成立し、互いに追いかけあっていることだ。これは出来事の空間が多重に屈折する**ハイパー空間**になったことの記号、**戦争の空間**が決定的に**非ユークリッド空間**になったことの記号である〃。また次のような文章も。

〃歴史のユークリッド空間では、二点間の最短距離は真っ直ぐな線、進歩と民主主義の直線である。我々の空間、世紀末の非ユークリッド空間では、不吉な曲率によってすべての軌跡が本来の方向から逸れてしまうのをいかんともし難い。……〃。戦争や歴史の（非）ユークリッド空間とは一体何だろうか。ボードリヤールはメタファーとしてこれらを使っているようだが、ここで数学用語をメタファーとして使う根拠と有効性について、彼は何も説明していない。二点間の最短距離は進歩と民主主義の直線などというメタファーは、歴史学や社会学にとって一体何の役に立つのだろうか？

数学ではユークリッド空間とは我々が住んでいる（と直感している）平坦な空間で、平行線公理「一つの直線の外にある一点を通るこの直線と交わらない直線（平行線）はただ一つだけ存在する」を満たしている。これに対して非ユークリッド空間では、平行線公理を入れ替えて「直線外の一点からその直線に平行線が2本引ける」とする。この空間は平坦ではなく曲がっている。他にも別の平行線公理の入れ替えによって別の空間が得られ、それらを総称して**非ユークリッド空間**というのである。

ボードリヤールが著作で使った科学用語は、他にも**物理法則の可逆性**、**カオス**、**フラクタル**、**メビウスの輪**などがあり、その多くは数学・物理学用語そのものとしても正しく理解されていない。

G・ドゥルーズは最も重要な現代フランスの思想家と見做されている。彼は単独で、また精神分析のF・ガタリとの共著で、二十冊以上の哲学書を出版した。彼の著作のいくつかには数学・物理学用語が氾濫している。そのテキストの最大の特徴は曖昧さであるとソーカルは言う。ベストセラーになったドゥルーズ・ガタリの『哲学とは何か』は、哲学と科学を区別することを主要なテーマとしている。彼らによれば哲学は概念を扱うのに対し、科学は関数＝機能を扱うとする。この対比を説明する文章より引用する。

〃そうした状況では何よりもまず、カオスに対して科学と哲学がとるそれぞれの態度に差異が認められる。カオスはその無秩序によって定義されるというよりも、むしろ無限速度によって定義されるのであって、そこ（カオス）においておおよそその輪郭を現し始めるあらゆる形は、その無限速度とともに消散するのである。それ（カオス）はある空虚である、すなわち、無ではなく、ある潜在的なものであるところの空虚である。この潜在的なものは、すべての可能な粒子を含み、すべての可能な形を描くものである。可能な形とは、堅固さも指示も持たず、結果も持たずに、現れるやただちに消えるものである〃。

〃カオスが無限速度によって定義される〃とは意味不明だが、数学と物理学の比較的最近のトピックであるカオス理論の誤用かもしれない。文章の後半は量子力学における真空の振る舞いのアナロジーであるが、一般用語または社会科学用語のカオス（混沌）と数学・物理学用語の**カオス**が混在していて曖昧な表現になっている。

古典力学では、扱う物理現象の状態は微分方程式に従っていて、初期条件を与えれば将来の系の状態が完全に分かる。ところが初期条件に非常に敏感な系があって、ある時刻にはほとんど似かよった二つの系が、僅かな時間の後に全く異なった状態になることが最近分かってきた。これを例える有名なジョークがある。〃今日マダガスカルで一匹の蝶が羽ばたいたら、三週間後にフロリダでハリケーンを引き起こす。これが数学・物理学のカオス理論である。

量子論における真空は虚無ではなく、内部ではいろいろな粒子と反粒子が活発に運動していて、常に生成と消滅を繰り返している。これを比喩的に〝真空はザワついている〟と言うことができる。粒子と反粒子のバランスがとれた状態では、真空は何もない無のように見える。つまり〝真空は死んでいる〟。量子論ではゆらぎという現象によって、このバランスが崩れることがあり、その結果宇宙の誕生をもたらすビッグ・バンのような大事件を起こすことがある。

前掲のドゥルーズ・ガタリの文章の後半は、彼らのカオスに量子論の真空理論をあてはめた、単なる思い付きの無意味な議論である。ドゥルーズ・ガタリの濫用したその他の数学・物理学用語を列挙すれば、**超限基数**、**リーマン幾何学**、**極限**、**作用量子**、**無限小**、**特異点**、**トポロジー的曲面**、等々。

ソーカルらが取り上げた思想家は以上の五人の他、精神分析と言語学のL・イリガライ、科学社会学のB・ラトゥール、建築家のP・ヴィリリオに及んでいるがここでは省略する。

ソーカルらは彼らの立場の公正を示すために、次のように書いている。〝ドゥルーズ・ガタリのテクストには実に多くの科学用語が現れるが、これらの用語は科学における通常の意味にとる限りは、脈絡も論理もなしに援用されている。もちろんドゥルーズとガタリがこれらの用語を、科学とは異なった意味で用いるのは一向にかまわない。カオス、極限、エネルギーといった言葉を使う独占権を科学が持っているわけではない。しかし（中略）彼らの著作には専門的な科学の文献以外では決して使われないような、高度な専門用語もぎっしり詰め込まれているが、彼らはこれらの用語の別の定義を与えてはいないのだ〟。

ソーカルらは思想家たちが数学・物理学用語を使うなら、彼らの学問分野にふさわしい明確な定義をしてから使いなさい。今のままなら全く無内容の、しかしいかにも高級そうなイメージの言葉の羅列をもって読者を欺いていると彼らのモラルを告発しているのである。

（完）

註1　「数学と構造主義」（鴇沢正道　「中央評論」二〇八号　一九九四年六月号）
註2　『親族の基本構造』上、下（C・レヴィ＝ストロース　一九六七年　邦訳岩波書店　一九七七年、七八年）

註3　『知の欺瞞』（A・ソーカル、J・ブリクモン　一九九八年　　邦訳岩波書店　二〇〇〇年）

（本論考は俳誌「麦」二〇〇二年六、七、八月号連載。二〇一六年三月加筆）

佐々木基一氏と連句『時の音』の巻

連句を嗜む人を洒落てレンキストと呼ぶらしい。文芸評論家の佐々木基一氏は晩年連句の魅力に取り憑かれ、作家の眞鍋呉夫氏が主催する「魚の会」のメンバーとして多くの歌仙（三十六句）と胡蝶（二十四句）を巻いたという。眞鍋呉夫氏は作家活動の他、俳人としても著名な存在であり、句集『雪女』によって一九九二年度の読売文学賞を、二〇一〇年には句集『月魄』によって蛇笏賞を受賞した。

筆者が佐々木氏の知遇を得たのはC大学理工学部の同僚（といっても氏は大先輩だが）としてである。ドイツ語と一般教育の文学を担当されていた。筆者が最初佐々木基一氏と気づかなかったのは、理工学部では実名の永井善次郎教授だったからである。シェリー酒を愛好する理工学部の教師仲間があり、筆者はそこで永井先生が佐々木基一氏と知ったのである。それがいつしかシェリー酒を飲みながらの、佐々木氏を宗匠とする連句会へと発展した。次に掲げるのは第一回目の胡蝶（二十四句）の記録である。

胡蝶俳諧　時の音の巻

1 時の音そときこえけり松の内　大魚
2 　わっと駆け出す凧揚げの子ら　鴇沢
3 古里は団地ばかりが目についてA　A
4 　野菜の高値かこつ初秋　鴇
5 居待月開いた頁そのままに　大
6 　柱時計にひそむこおろぎ　B
7 明けの海白い額に血が流れ　鴇
8 　二度とはあらじ老いらくの恋　C
9 古寺におむつ干されて雲の峰　B
10 　アイスキャンデー売りの触れ声　C
11 負け相撲勝つと銭湯ただになり　D
12 　隅田川には十三の橋　鴇
13 春一番蒙古来ると雨戸繰り　B

14　ほのかに匂う盆栽の梅　A
15　草餅を酒の肴に振舞われ　大
16　線路歩くよ山下画伯は　E
17　時折りは吹雪かすれて月の影　C
18　霜やけの手で鉛筆の文《ふみ》　B
19　万引の女あわれと放ちやり　大
20　再放映の「望郷」を見る　E
21　核兵器廃絶叫ぶプラカード　A
22　家元いまや繁昌の春　C
23　花の下聖母千年子を抱いて　鴇
24　運河の岸にもえるかげろう　大

大魚は佐々木氏の俳号。佐々木氏以外の連衆六名のうちC氏と筆者だけが理系で、あと四名は英語とドイツ語の先生たちである。全員連句は初めての経験で、俳句の経験者も筆者のみであった。

連句は周知のように、五七五の発句《ほっく》から始まり、七七の短句と五七五の長句を交互に連ねて行く。最初、連歌以来の伝統により一巻百句の百韻が基本だったが、芭蕉に到って三十六句の歌仙が主流となった。他に十八句の半歌仙、二十四句の胡蝶、四十四句の世吉《よよし》などがある。「魚の会」では胡蝶が好まれたという。我々の会も胡蝶であった。

連衆と呼ばれる参加者はもちろん複数名であるが、ひとりで作る独吟という例外もある。連句会の進行は、出句順を前もって決めておく方法もあるが、我々の場合は付勝《つけがち》、すなわち各メンバーが自由に句を出し合って、宗匠の佐々木氏が良いと認めた句を採用する。

適切な句が出ないときは、連衆は何度も新しい句を作って提出しなければならない。宗匠はヒントを与えることもあるし、出句を修正することもある。宗匠のこうした役目を捌《さば》きという。オーケストラの指揮者は音の強弱・音色、音楽の速度や表情に気を配って、オーケストラを制御しなければならない。連句の宗匠はこれに似ている。

前記胡蝶の巻について若干の解説を加えよう。佐々木氏の発句

1　時の音そときこえけり松の内　大魚

一巻のタイトルにもなった時の音は、佐々木氏の自伝的小説『時の音』からとられた。

生まれ故郷および戦前に住んだ土地を作者は戦後訪れて、多感な青春時代を回顧する。ことに原爆小説の傑作『夏の花』を書いた義兄の原民喜氏、その妻である姉貞恵氏および中学の同級生であったK（児玉宗夫氏）の回顧に感情がこもっている。

佐々木氏はこの三人とは死別したのであった。姉は敗戦の前年結婚十一年目に若くして病死。原民喜氏は『夏の花』を書いて間もなく自殺。Kは慶應義塾大学在学中に自殺。『時の音』は鎮魂の書なのだ。この発句にも氏の深い感慨が込められている。

2　わっと駈けだす凧揚げの子ら　鴇沢

連句では第二句を脇《わき》（句）といい、発句への挨拶の気持ちを込めて、発句が言い残した言外の余情をもって付けよと言われる。筆者は松の内から子どもの凧揚げを連想して付けたが、言外の余情などという高尚なものでないことは確かだ。

3　古里は団地ばかりが目について　A

第三句は第三といい、場面の転換が好ましいとされる。久し振りに帰ったら故郷は団地ばかりに様変わり。団地の共同庭園で窮屈そうに凧揚げをしている。発句が主観なので、景気《けいき》（景色）に転換している。第三としては佳句であろう。

4　野菜の高値かこつ初秋　鴇

第四句以下は平句《ひらく》という。伝統的連句には煩瑣な式目（規則）があるが、現代連句では簡略になっているようだ。ましてや我々連衆にとって連句は初体験なのだ。発句と脇は冬の句であった。ここで季は秋に転ずる。団地の婦人たちのお喋りは最近の野菜の値上がり。

5　居待月開いた頁をそのままに　大

団地の部屋では読書に飽いた主人が窓を開けて月を眺めているという付け筋か。ここは月の定座《じょうざ》なので佐々木氏は居待月を出した。日本人の美意識の中心にある月と花の現れる回数と場所を定めたのが定座である。胡蝶では第五と第十六が月の定座、第二十三が花の定座である。

6　柱時計にひそむこおろぎ　B

部屋の壁にかかった柱時計の中にこおろぎがいるらしく、ちちろちちろと鳴いている。

7　明けの海白い額に血が流れ　鴇

第七は誰もが付けそびれ、いたずらに時間が経っていく。苦し紛れに筆者が口ずさんだ既成の句を、佐々木氏が修正して採用したものである。原句は

昏れる海追憶の白い額に血　鴇

であった。ルネ・マグリットの「追憶」と題する、石膏の胸像の額から血が流れている絵を詠んだ句である。連衆の出句を適宜修正することも宗匠の権利であり役目でもある。ともかくここでまったく新しい場面に転換し、白い額によって恋の呼び出しと言われる展開になった。

8　二度とはあらじ老いらくの恋　C

恋の句には違いないが、老いらくの恋の出現には一驚した。二度とはあらじが哀切である。

9　古寺におむつ干されて雲の峰　B

まさか老人のおむつではないでしょうね。こういうギョッとさせる句の出現が連句の醍醐味かも知れない。展開の中で恋離れと言われる句である。

10　アイスキャンデー売りの触れ声　C

アイスキャンデーは子どもを連想させる。古寺に赤ん坊が生まれたらしい。

11　負け相撲勝つと銭湯ただになり　E

また場面が一変した。熱心な相撲ファンの銭湯のおやじは判官びいきだ。

12　隅田川には十三の橋　鴇

銭湯は隅田川河畔にあった。両国国技館も近い。俳句では七七の短句を作ることはないので最初とまどったが、ここにきてまともな短句ができた。佐々木宗匠は気に入ってくれたらしいが、隅田川に十三もの橋があるだろうかと心配する。筆者としては十三という数字に詩を感じたまでで、隅田川については何の知識もなかった。後日佐々木氏は上流まで数えたら十三あったと知らせてくれた。

13　春一番蒙古来ると雨戸繰り　B

また場面は転換して元寇の時代に移動した。春一番には大陸から吹き寄せる黄砂も混じっているらしい。何百年の時間を飛び越えたこの長句は非常に面白い。初めて春の句が現れた。春の句は三句から五句続けるのが定石である。

14　ほのかに匂う盆栽の梅　A

情景は現代にもどった。春塵を避け閉切った部屋に客を導き、自慢の梅の盆栽を見せる。

15　草餅を酒の肴に振舞われ　大

客は目を白黒させている。主人は甘辛両刀使いなのだ。

16　線路歩くよ山下画伯は　E

これは遣《や》り句かもしれない。すなわち前句が付けにくいとき、次の句を付けやすいよう軽くつける。しかし純粋無垢の山下清画伯が線路を歩く姿は危なっかしい。

17　時折りは吹雪かすれて月の影　C

歩いていくうちに吹雪になった。吹雪の合間に凄愴たる月がちらと見える。月の定座は展開によって、前後に移動してもかまわない。

18　霜やけの手で鉛筆の文《ふみ》　B

吹雪の夜かじかんだ手で、鉛筆をなめなめ書く手紙は恋文かそれとも詫び状か。文《ふみ》により恋の呼び出しとなった。

19　万引きの女あわれと放ちやり　大

女が現れたが万引きの犯人とは。しかし情けをかけてやったから恋句と見てもいい。美人だったのかもしれぬ。

20　再放映の「望郷」を見る　E

戦前のフランス映画の名作である。ジャン・ギャバン扮するギャングのペペ・ル・モコは、アルジェのカスバに身を潜めていたが、パリから来た女に惚れたのが運の尽きだった。季語を含まない句を雑《ぞう》の句という。一巻が単調にならないためには雑の句も必要である。

21　核兵器廃絶叫ぶプラカード　A

ギャングから兵器と戦争に飛躍し、また戦前のモノクロの世界から現代の天然色の世界に飛躍した。

22　家元いまや繁昌の春　C

この付け句は難解である。前句との関連がまったくない。お茶や生け花の家元が繁昌している現代は、核兵器の拡散が止まらない時代でもあるというアイロニーか。

23　花の下聖母千年子を抱いて　鴇

花の座である。その名の通り連句一巻の中で最も華やかな座であり、付勝の連衆の競争は激しくなる。第七と同様筆者の既成句が修正の上採用された。原句は

花冷えの聖母千年子を抱いて　鴇

であった。在外研究のためフランスのストラスブールを訪れたとき大聖堂《カテドラル》の聖母像を詠んだもの。ストラスブールにも桜があり、日本の桜と違い何週間も散らないのであった。既成句やあらかじめ用意した句を、連句では孕み句というらしいが、これをいくつも出句するのは好ましくない。連句の即興性に違反するからである。

24　運 河 の 岸 に も え る か げ ろ う　大

胡蝶一巻の最後の句すなわち挙句《あげく》である。佐々木氏はストラスブールの運河の岸に立ったかげろうを聖母子に付けて、一巻を締めくくった。日本の正月に始まった胡蝶はフランスで大団円を迎えたのであった。

連句会は日を隔てて都合三回開かれた。　第二回、第三回目の連句会では筆者の句はあまり採られなかったと記憶する。ひとつには他の連衆が一回目の体験から学んで、力をつけてきたこと。ふたつには筆者が苦し紛れに出した既成句を、佐々木氏がもはや採用しなかったからである。氏は「俳句のことはもう忘れた方がいい」と筆者に注意した。

一回目のとき既成句がふたつ採られたことを秘かに気にしていた筆者は、この注意を素直に受け入れることが出来た。第二、第三回目の記録が散逸してしまったのは残念である。

終戦直後、抑圧から開放された政治運動・労働運動・文学運動の沸騰した時期、「近代文学」誌に拠った新鋭評論家としての華やかな活動について、佐々木氏は自分から語ることはなかったが、我々の問いかけにはぽつりぽつりとこたえてくれた。

終戦後半年たらずの昭和二十一年一月、戦後文学の展開に最も重要な寄与をなした同人雑誌「近代文学」が創刊された。創刊同人は佐々木基一氏の他、荒正人、埴谷雄高、平野謙ら計七名であった。彼らは戦前の旧制中学、旧制高校、あるいは大学在学中に、程度の差はあれ、皆マルクシズム文学運動の影響を受けた世代に属する。

大恐慌の発生が資本主義の欠陥を顕わにした一九三〇年代、知的な青年の多くはマルクス主義・社会主義に走り、血気盛んな青年将校や民族主義的な青年はファシズムに走った。ファシズムが国家社会主義と呼ばれたように、これもまた資本主義の克服を目指したのである。

マルクス社会主義が資本主義と手を組んだ大戦の結果ファシズムが滅びると、敗戦直後の日本の社会は合法化された共産党の影響が強まり、政治や労働運動以外の思想・文学・演劇・芸術の分野にまでそれは及んだ。佐々木氏ら「近代文学」の同人たちが社会主義社会の理想を、のちのちまで信奉していたことは疑いない。しかし彼らは政治が文学を支配することを一貫して拒んだ。何よりも近代的自我の自立と自覚を主張した。「近代文学」誌は次々と新人作家を発掘してその作品を掲載し、あるいは評論によって他誌でデビューした作家を援護した。直接間接に「近代文学」とかかわった作家は、第一次戦後派と呼ばれる作家のほとんどを網羅している。

佐々木基一氏は八本の手を持つと言われるほど幅の広い人であった。青年時より一貫して映画に関心を持ち続け、さらに写真やテレビなども含む映像芸術全般にわたり、その方法論やエッセイや批評を発表し続けた。それらは『映像の藝術』と題した著作に纏められている。イタリアの映画監督ルキノ・ヴィスコンティを日本で最初に評価したのも佐々木氏である。

「近代文学」が戦後文学というジャンルを生み出し、育て上げるという歴史的使命を果たし終わって終刊した後も、佐々木氏はいろいろなサークルを立ち上げて、文学・芸術・文化活動を続けた。

佐々木氏は人々を集めて、文学・芸術運動や各種サークルを立ち上げる天才的なセンスを持っていたようである。人々は佐々木氏の博識とことに包容力に富んだ人柄に惹かれて、氏のもとに集まったのであった。筆者の見るところ佐々木氏は非常に人懐こい、誰とでも親しくなれる人物であった。心底人間が好きなんだと感じさせるところがあった。
佐々木氏は在外研究のためにオーストリアのウイーンに滞在したとき、氏が晩年連句とともに熱心にかかわることになった、中世ドイツの彫刻家リーメンシュナイダーと出会った。T・リーメンシュナイダーは後期ゴシック最後の巨匠で、その作品は全て木彫である。代表作はロマンチック街道の中世都市ローテンブルグの教会にある。彼の名が我が国に知られるようになったのは、佐々木氏のエッセイによる紹介があったからである。

さて佐々木氏の、俳句との意外な関わりである。氏が戦前東京帝大在学中（美学専攻）、俳誌「草くき」に入会したことが俳句との最初の関わりであった。同誌は国文学者の宇田零雨氏の創刊で、義兄の作家原民喜は慶應義塾大学の同窓のよしみで創刊以来の同人であった。佐々木氏は義兄に勧められて入会したのである。氏は大戦末期まで同誌に投句し発行名義人にもなって、投句の他句集の批評や俳論を盛んに書いている。その後氏は俳句から遠ざかり、文芸評論に身を入れるようになった。「草くき」の中から氏の佳句を拾って見よう。

海凪て闇動かざる夜焚きかな　大魚
寒の鯉駅の出口に売られいる　同
葉のかげの鬼灯赤しひと病めり　同
市中の樹々黒ずみてついりかな　同
夜の雪玻璃戸に頬をあてて見る　同

戦後では信濃追分で一冬療養したときに、次の二句がある。

枯枝は枯れ青空は青き朝　大魚
冬枯野いのちかそけき音のあり　同

「草くき」誌は平かなの「くさくき」と改名して現在まで続いているが、連句中心の編集のため、中央俳壇とは繋がりが薄いようである。

最後に佐々木氏の俳論「抒情詩としての俳句」を要約して紹介したい。これは東京帝大卒業の翌昭和十四年の「草くき」に、四月号から七月号まで四回にわたって連載された。これは基本的に松尾芭蕉論である。氏は以前から『七部集』を精読していたという。美学の学徒らしい硬質な論理が展開されているが晦渋ではない。青年らしい颯爽とした文章である。

この俳論によれば、芭蕉は現世を幻と観じたが、自然への没入によって客観性の基礎を恢復しようとした。その間のジレンマが深い感動となって句に表現されている。現世を幻と観じるまでには、芭蕉に現世との苦闘があった。有名な「夏炉冬扇」と「不易流行」という言葉はこの苦闘から生まれたのだ。芭蕉は現実のうちに新しい理想を摑むことが出来ず、ついにたどり着いた所は、現実は「世上の得失是非に惑」う無節操な町人の満ち満ちた世であるという失望の境地であった。江戸初期の町人の勃興は、単にひとつの気運に止まり、新しい世界観を作り上げる地盤とはなり得なかった。

かくして芭蕉は世をわびる生活へと入って行くが、彼は初めから好きこのんで隠遁生活に入ったのではない。「人に倦む」程の現実との交渉を持ったのだ。そしてそこに何ら統一的な理想のないことを悟らねばならなかった。

現実を否定せんとする消極面において生を見出そうとする生き方、全てを否定してしまう主観には、何らの客観性も認められない恐れがある。芭蕉は新たに自己の主観の内容を現実的たらしめる地盤を、自然と伝統の世界に求めた。そこにいたる過程が、芭蕉の学問と体験の裏打ちを持つゆえに、風雅という消極的で逃避的な境地が、なお一個の価値を保証されるのである。

俳諧は「俗に帰る」べきものではあったが、俗の空しさに順応しないためには、「高くこころをさとり」「風雅の誠をせめる」必要があったのだ。だが現実の地盤を否定して求められる風雅はいかなる種類のものであるか。

芭蕉の諦観はすでに地盤を失った漂泊者のものであり、その風雅は、虚しい現実から離れようとする傾向をもつ。その風雅の境地は現実そのものの中から導き出される理想ではなくて、むしろ現実の外に遊ぶための世界であった。

諦観が遊びと結合することは、より現実肯定的になった近世社会の著しい特徴と考えられるが、芭蕉においては、遊びのうちに諦観をつきつめながら、否定の精神を磨き上げようとする努力が見られる。佐々木氏は言う。「遊びといふには余りに痛ましすぎるが、諦観といふには遊びの要素が否定出来ないのである」。

マルクシズムの洗礼を受けた若き日の佐々木氏は、芭蕉および俳句自体の消極性を結論付ける。すなわち芭蕉の否定の消極性の故に、それは遊びの要素と結合するものであり、包括的な主観の統一をめざし得ない。芭蕉の誠実な詩心にもかかわらず、俳諧を通じての主観の構成は依然として遊びたることに変わらないために、彼の求めた風雅も遂には物好きな人の慰み心に置き代えられてしまう。

芭蕉の風雅を求める精進の厳しさを疑うことは出来ないが、その精進そのものが、現実世界についての確固たる批判や、それを貫く理想を基礎としない、単に消極的なものであることは変わりがなく、ここに俳諧そのものの消極的性格がすでに用意されているといってよい。後世における俳諧の運命に対して、芭蕉自身もその責任を逃れるわけには行かないのである。

芭蕉の求めた人間的統一は、世を逃れてひとり住む寂しさにおける統一であって、いわば西行の「世を捨てざる世捨人」であった。佐々木氏は次のように論文を結んでいる。

「　住つかぬ旅のこころや置炬燵　　芭蕉

旅は芭蕉の生活であつた。そこに練磨された詩心が一瞬眼前の事物に触れて詠ひ出されたこの句は、形式的美学説から言へば完璧のものであらう。ただ吾々は、芭蕉の旅心の内容とその本質とを充分検討して、この句の客観的な価値を見なければならない。そしてその場合、俳句の抒情詩としての消極性が結論されるであらう」。

日本人には西行や宗祇あるいは、現代の山頭火ら漂泊の詩人に対する愛着と憧憬が一般的に見られ、芭蕉自身己を西行、宗祇に擬したのである。また近代俳句には花鳥諷詠の論がある。佐々木氏の意見はそれらの消極的・逃避的性格への批判として非常に興味深い。またひと頃の社会性俳句論のさきがけと見ることが出来るかも知れない。

ただし氏の立論には芭蕉の俳諧＝連句を考慮に入れていないという弱点がある。実際山本健吉氏は次のように言う（『芭蕉と現代』より筆者の要約）。

「私は芭蕉が中世的伝統に引かれて、現実から一歩身を引いて自然へ逃避したという説を納得できない。もっとも　そのような説は芭蕉の発句だけを見ていると陥りやすいのである。彼を逃避の詩人として規定することは、発句だけから彼の精神を学ぼうとしている今日の多くの俳人の陥りやすい妄説である。芭蕉の逃避性を強調することによって、今日の詩人の逃避性を合理化することも、芭蕉に対する否定的結論に到達することも、誤りであると思っている。事実このような議論は、国文学界にも俳人の一部にも存在する。彼らは誤った前提から出発しているのだ。一方芭蕉の連句を見れば、主として農村における庶民たちの生活を知るべき宝庫と言ってもいいものなのだ」。

つまり山本説によれば芭蕉は俗に背を向けた孤高の詩人ではなく、積極的に俗と交わった民衆詩人ということになる。しかし現代においても芭蕉の反俗的風雅を評価するのが通念である以上、佐々木氏の意見は今なお現代性を失っていないと思われる。

佐々木基一氏は平成五年四月二十五日に亡くなった。行年七十九歳であった。佐々木氏の生家は広島県本郷町という所で、家業は米、酒、肥料などの裕福な問屋であった。そのためか佐々木氏は戦前はもとより、戦後も経済的に不安のない暮らしであったようである。それによって氏は好きな文学に専念することができた。氏の文学活動は始めから幸運に恵まれていたのである。

佐々木氏は晩年自らの生涯を振り返って、充分な満足感を覚えたのではないか。筆者はそう思えてならない。氏の心の奥に潜んでいたであろう死別した肉親や友人たちへの哀惜、さらには挫折した社会主義への無念、それらを差し引いても氏の幸福感は失われなかったと思う。

佐々木夫妻はいま沼津千本浜道、乗運寺の墓地に眠っている。

（完）

（俳誌「麦」通巻七〇〇号記念特集　平成二十三年四月号掲載のエッセイから抄出、加筆）

著者俳歴

鴇沢正道（ときざわまさみち）

1932年　長野県に生まれる

1970年　「墻頭」入会　同人

2001年　「麦」入会　同人

現代俳句協会会員

現住所　〒206－0022　東京都多摩市聖ヶ丘４－21－２

句集　トランス★フォルム　奥附

著者　鴇沢正道＊発行日　二〇一六年七月二十七日第一刷

発行者　菊池洋子＊印刷所　明和印刷＊製本　新里製本

発行所　〒一七〇-〇〇一三　東京都豊島区東池袋五-五二-四-三〇三

紅（べに）書房　info@beni-shobo.com　http://beni-shobo.com

電　話　〇三（三九八三）三八四八

FAX　〇三（三九八三）五〇〇四

振　替　〇〇一二〇-三-三五九八五

ISBN978-4-89381-312-1

Printed in Japan, 2016